Manualidades para niñas pequeñas   (Animales para recortar y pegar)

20 fichas de actividades infantiles de recortar y pegar diseñadas para desarrollar las habilidades de corte con tijera en niños de preescolar.

LIBROS DE REGALO -datos del sitio web de descarga

https://www.lipdf.com/product/33/

https://www.lipdf.com/product/34/

https://www.lipdf.com/product/35/

https://www.lipdf.com/product/36/

https://www.lipdf.com/product/37/

https://www.lipdf.com/product/38/

https://www.lipdf.com/product/39/

https://www.lipdf.com/product/40/

RECORTA Y PEGA

RECORTA Y PEGA

RECORTA Y PEGA

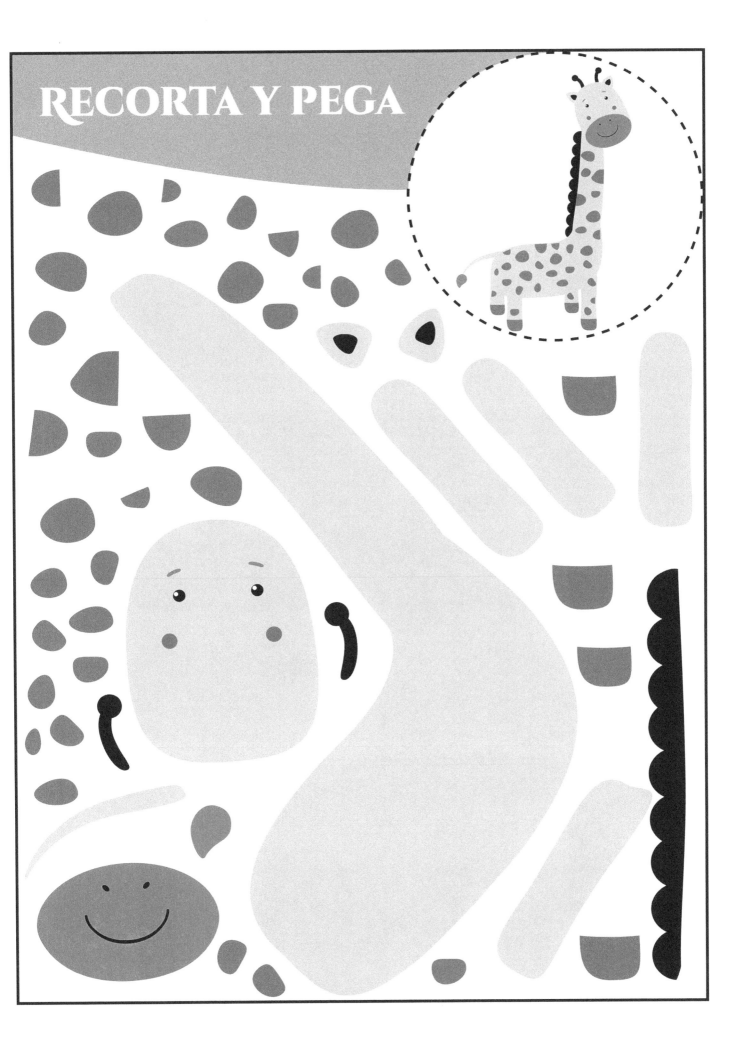

RECORTA Y PEGA

RECORTA Y PEGA

RECORTA Y PEGA

RECORTA Y PEGA

RECORTA Y PEGA

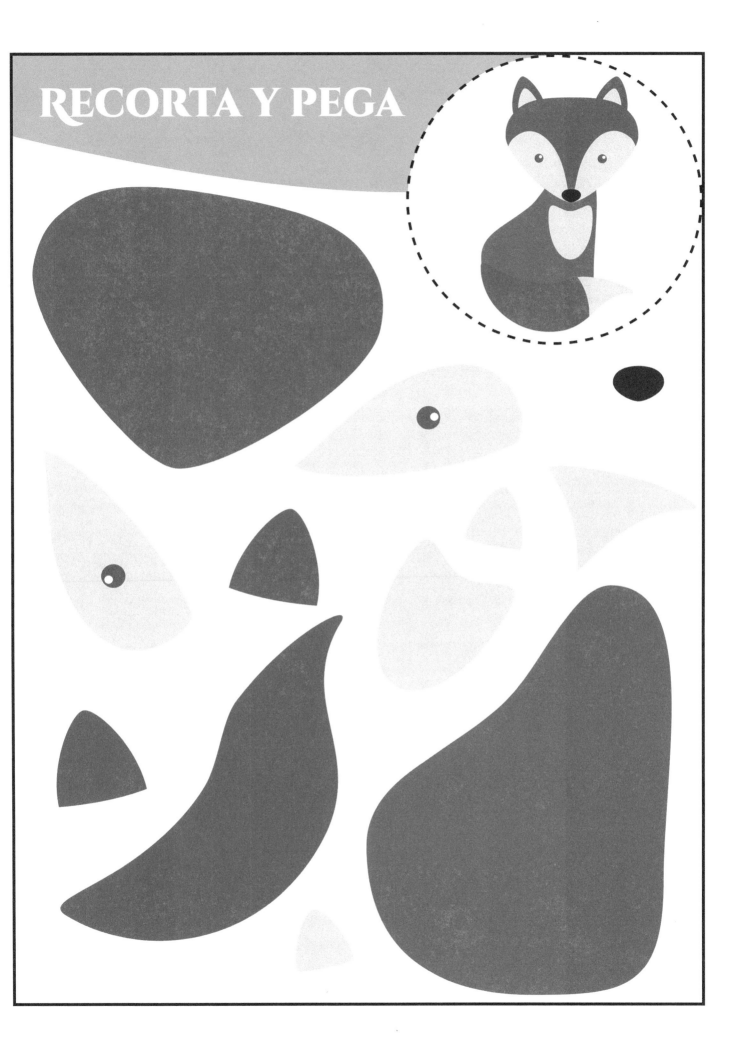

RECORTA Y PEGA

RECORTA Y PEGA

RECORTA Y PEGA

RECORTA Y PEGA

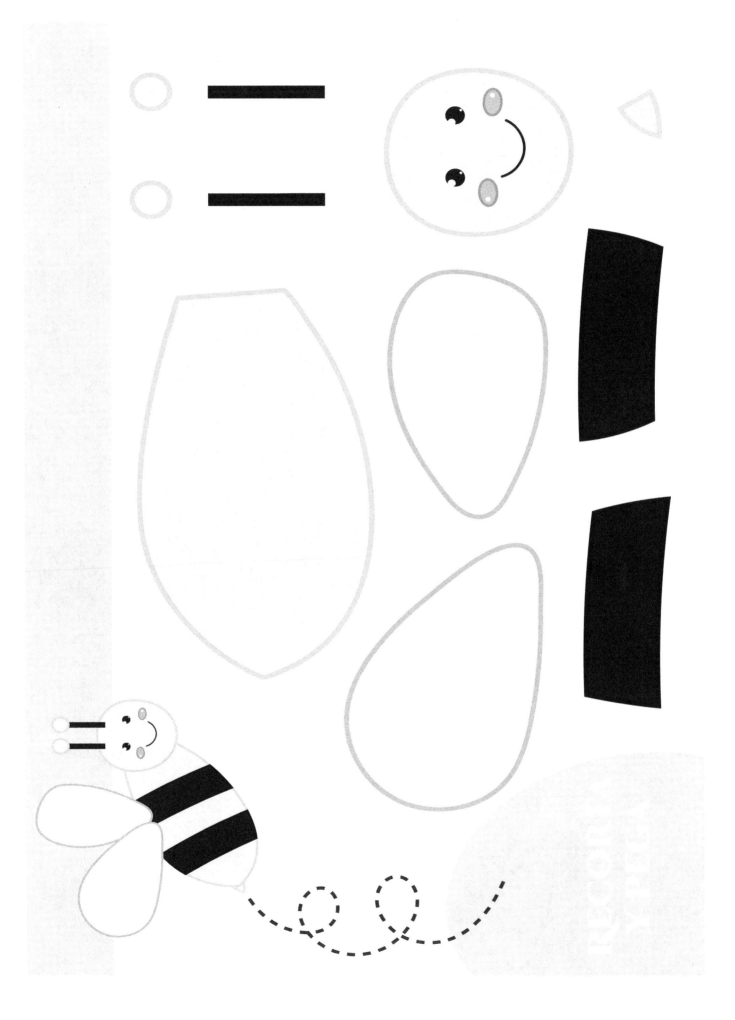

RECORTA Y PEGA

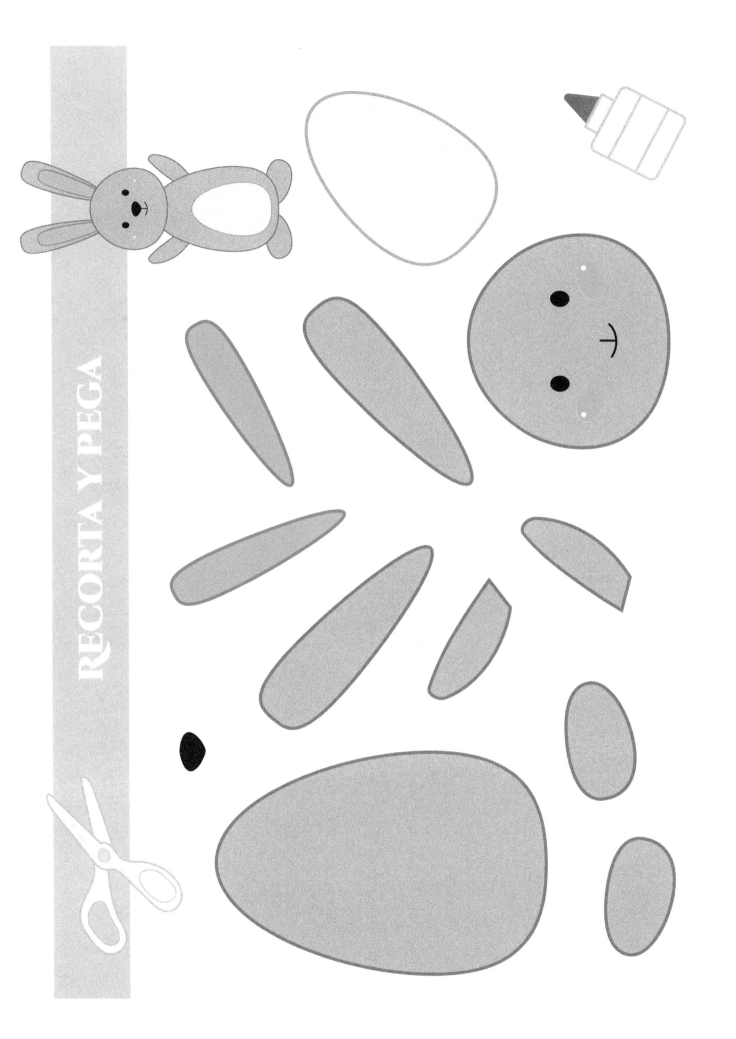